W9-BMI-952

Nota para los padres y encargados:

Los libros de *Read-it! Readers* son para niños que se inician en el maravilloso camino de la lectura. Estos hermosos libros fomentan la adquisición de destrezas de lectura y el amor a los libros.

El NIVEL MORADO presenta temas y objetos básicos con palabras de alta frecuencia y patrones de lenguaje sencillos.

El NIVEL ROJO presenta temas conocidos con palabras comunes y oraciones de patrones repetitivos.

El NIVEL AZUL presenta nuevas ideas con un vocabulario más amplio y una estructura gramatical más variada.

El NIVEL AMARILLO presenta ideas más elevadas, un vocabulario extenso y una amplia variedad en la estructura de las oraciones.

El NIVEL VERDE presenta ideas más complejas, un vocabulario más variado y estructuras del lenguaje más extensas.

El NIVEL ANARANJADO presenta una amplia de ideas y conceptos con vocabulario más elevado y estructuras gramaticales complejas.

Al leerle un libro a su pequeño, hágalo con calma y pause a menudo para hablar acerca de las ilustraciones. Pídale que pase las páginas y que señale los dibujos y las palabras conocidas. No olvide volverle a leer los cuentos o las partes de los cuentos que más le gusten.

No hay una forma correcta o incorrecta de compartir un libro con los niños. Saque el tiempo para leer con su niña o niño y transmítale así el legado de la lectura.

Adria F. Klein, Ph.D.
Profesora emérita, California State University
San Bernardino, California

Managing Editor: Bob Temple
Creative Director: Terri Foley
Editor: Brenda Haugen
Editorial Adviser: Andrea Cascardi
Copy Editor: Laurie Kahn
Designer: Melissa Voda
Page production: The Design Lab
The illustrations in this book were created digitally.
Translation and page production: Spanish Educational Publishing, Ltd.
Spanish project management: Jennifer Gillis/Haw River Editorial

Picture Window Books
5115 Excelsior Boulevard
Suite 232
Minneapolis, MN 55416
1-877-845-8392
www.picturewindowbooks.com

Printed in the United States of America.

Library of Congress Cataloging-in-Publication Data
Blair, Eric.
[Crow and the pitcher. Spanish]
El cuervo y la jarra : versión de la fábula de Esopo / por Eric Blair ; ilustrado por Dianne Silverman ; traducción, Patricia Abello.
p. cm. — (Read-it! readers)
Summary: When a thirsty crow cannot drink from a pitcher because the water level is too low, she uses her ingenuity to solve the problem.
ISBN 1-4048-1618-6 (hard cover)
[1. Fables. 2. Folklore. 3. Spanish language materials.] I. Silverman, Dianne, ill. II. Abello, Patricia. III. Aesop. IV. Title. V. Series.

PZ74.2.B54 2005
398.24'5296422—dc22
[E] 2005023451

El cuervo y la jarra

Versión de la fábula de Esopo

por Eric Blair
ilustrado por Dianne Silverman
Traducción: Patricia Abello

Con agradecimientos especiales a nuestras asesoras:

Adria F. Klein, Ph.D.
Profesora emérita, California State University
San Bernardino, California

Kathy Baxter, M.A.
Ex Coordinadora de Servicios Infantiles
Anoka County (Minnesota) Library

Susan Kesselring, M.A.
Alfabetizadora
Rosemount-Apple Valley-Eagan (Minnesota) School District

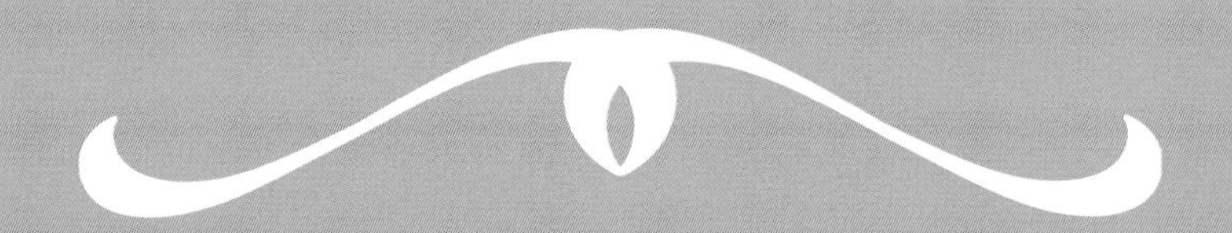

¿Qué es una fábula?

Una fábula es un cuento que nos enseña una lección o moraleja. En las fábulas, los animales hablan y actúan como la gente. Un esclavo griego llamado Esopo creó fábulas que se conocen en todo el mundo. Esas fábulas se han leído por más de 2,000 años.

Una vez, un cuervo tenía mucha sed.

Había volado mucho
buscando agua.

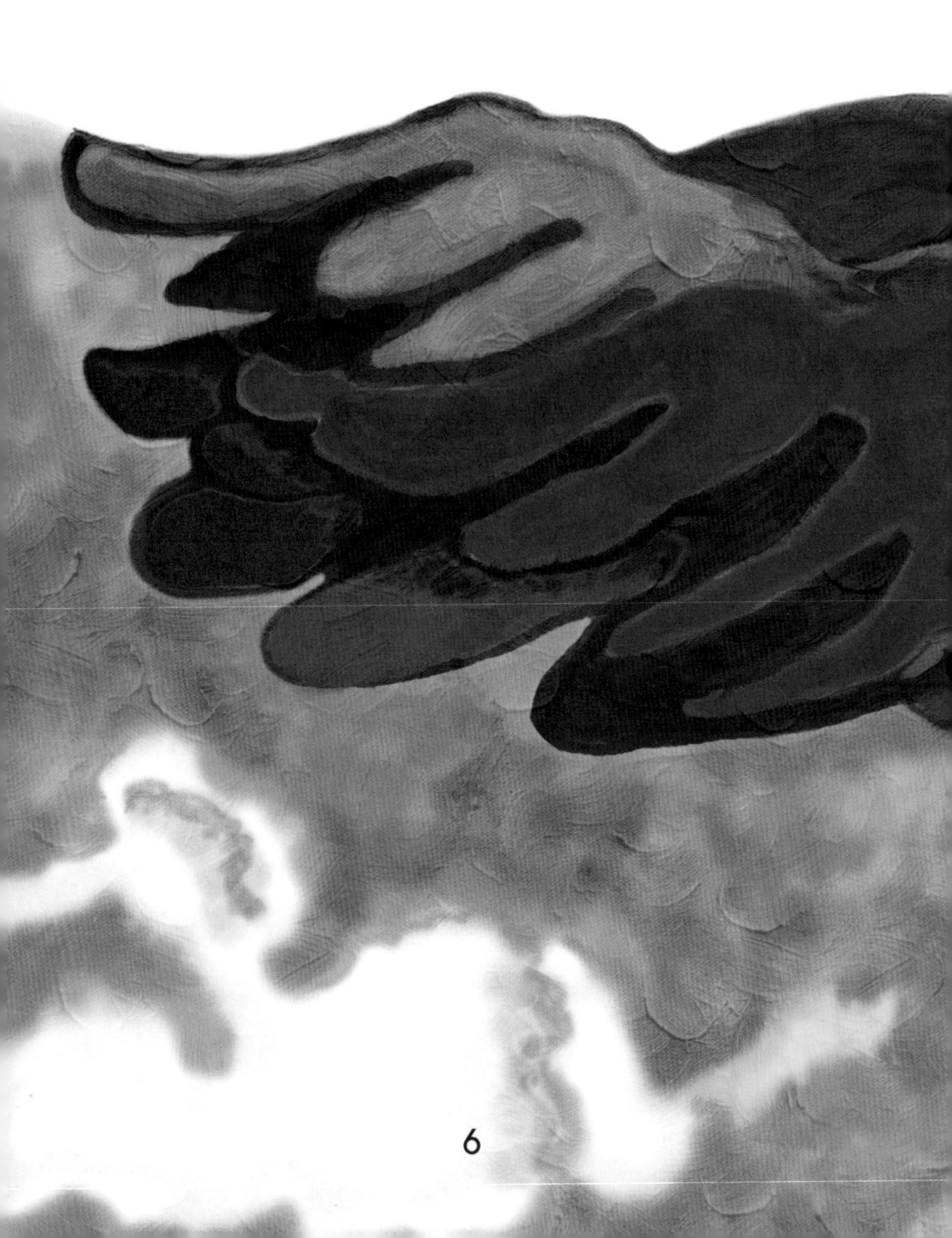

El cuervo vio una jarra con agua
y bajó a beber.

La jarra sólo tenía un poquito de agua
en el fondo.

El cuervo metió el pico en la jarra. El agua estaba en el fondo y no la podía alcanzar.

Tengo que tomar agua.
No puedo seguir volando,
pensó el cuervo.

Ya sé. Voy a inclinar la jarra, pensó.

El cuervo sacudió la jarra
con las alas, pero no tenía
fuerzas para inclinarla.

Si rompo la jarra, se saldrá el agua,
pensó el cuervo.

Retrocedió un poco para tomar impulso.

Con todas sus fuerzas,
voló hasta la jarra.

La golpeó con el pico afilado
y con las garras, pero estaba
cansado y sin fuerzas. No pudo
romper la jarra.

Cuando iba a rendirse, se le ocurrió otra idea. Dejó caer una piedra en la jarra. El agua subió un poco.

Dejó caer otra piedra y luego otra.
Con cada piedra, el agua subía más.

Muy pronto el agua llegó al borde. El cuervo bebió hasta calmar su sed.

El cuervo estaba muy satisfecho.
No se rindió y así resolvió su
difícil problema.

Más *Read-it! Readers*

Con ilustraciones vívidas y cuentos divertidos da gusto practicar la lectura. Busca más libros a tu nivel.

FÁBULAS Y CUENTOS POPULARES

El asno vestido de león	1-4048-1620-8
La gansa de los huevos de oro	1-4048-1622-4

La cigarra y la hormiga	1-4048-1614-3
¿Cuántas manchas tiene el leopardo?	1-4048-1648-8
La gallinita roja	1-4048-1618-6
La liebre y la tortuga	1-4048-1624-0
El lobo con piel de oveja	1-4048-1625-9
El lobo y el perro	1-4048-1619-4
El niñito de jengibre	1-4048-1647-X
El pastorcito mentiroso	1-4048-1616-X
Pollita Pequeñita	1-4048-1646-1
El ratón de campo y el ratón de ciudad	1-4048-1617-8
La zorra y las uvas	1-4048-1621-6

¿Buscas un título o un nivel específico? La lista completa de *Read-it! Readers* está en nuestro Web site: *www.picturewindowbooks.com*